El día que el
ZORRO MARCELO
se quedó sin bailar

FRANCO SOLDI
ILUSTRADO POR PEDRO BASCÓN

URANITO EDITORES
ARGENTINA - CHILE - COLOMBIA - ESPAÑA
ESTADOS UNIDOS - MÉXICO - PERÚ -URUGUAY - VENEZUELA

El día que
EL ZORRO MARCELO
se quedó sin bailar

ISBN: 978-607-7480-66-2
1ª edición: agosto de 2016

© 2016 *by* Franco Soldi
© 2016 de las ilustraciones *by* Pedro Bascón
© 2016 *by* Ediciones Urano, S.A.U.
Aribau, 142 pral. 08036 Barcelona

Ediciones Urano México, S.A. de C.V.
Av. Insurgentes Sur 1722 piso 3, Col. Florida,
México, D.F., 01030. México.
www.uranitolibros.com
uranitomexico@edicionesurano.com

Edición: Valeria Le Duc
Diseño Gráfico: Joel Dehesa

Impreso en China – *Printed in China*

The day that MARCELO FOX did'nt get a dance

WRITTEN BY
FRANCO SOLDI

ILLUSTRATED BY
PEDRO BASCÓN

A long, long time ago, there were no people living on Earth and there was only the great kingdom of animals,

H ace mucho mucho tiempo, las personas no habitaban la tierra y sólo existía el gran reino de los animales y, en este reino fértil y próspero, vivía un zorro llamado Marcelo.

and in this fertile, prosperous kingdom there lived a fox called Marcelo.

Marcelo was a very vain fox. He knew that he was one
of the most beautiful animals in the kingdom

Marcelo era un zorro presumido.
El sabía que era uno de los
animales más bellos del
lugar y además se
consideraba
inteligente
y astuto.

and he also considered himself to be
intelligent and astute.

But in the kingdom he was famous something else: Marcelo was an excellent dancer. Everyone knew that

Pero en el reino se le conocía por otra habilidad: Marcelo era un excelente bailarín. Todos sabían que era el mejor bailarín del reino y Marcelo se encargaba de presumirlo a los cuatro vientos.

he was the best dancer in the kingdom and Marcelo took care to brag about it to the four winds.

One day the animals received a letter which bore the
royal seal.

Un día, los animales
recibieron una carta
que llevaba
el sello real.

It was an invitation from the Lion and the Lioness to a great ball which would be held at their beautiful palace on top of the hill.

Era una invitación del León y la Leona a un gran baile que se celebraría en el hermoso palacio que tenían en lo alto de la colina. Todos los animales estaban invitados. Iba a ser la celebración más importante del año.

All the animals were invited. It was going to be the most important celebration of the year.

Marcelo was very happy. It was the perfect occasion to show off his shiny new shoes and his dancing skills in front of everyone.

Marcelo se puso feliz, era la ocasión perfecta para presumir delante de todos sus brillantes zapatos nuevos y su habilidad para bailar.

The big day arrived. The animals gradually filled the palace ballroom, wearing the best party clothes they had.

El gran día llegó.
Poco a poco los animales
iban llenando el salón
del palacio luciendo
sus mejores galas.

The hippopotamus Matilde was the first to attract all eyes. She was wearing a girdle of beautiful colours.

L a hipopótamo, Matilde
fue la primera en atraer
las miradas, llevaba puesta
una faja de atractivos
colores.

Then the tall, slim giraffe arrived with a discreet red bow tie at the end of his long neck.

D espués llegó la jirafa alta y estilizada con un corbatín rojo discreto al final de su largo cuello.

Juanjo the crocodile was wearing a long jacket which trailed along the floor because of his little short legs,

J uanjo el cocodrilo llevaba una chaqueta larga que arrastraba por todo el piso debido a sus cortas patas, mientras la mona Micaela portaba en la cabeza con orgullo un tocado hecho con frutas exóticas.

while Micaela the monkey was proudly wearing a headdress made of exotic fruits.

Marcelo was strategically placed near the dance floor
and was anxious to begin. His long white

M arcelo ya se había colocado en un lugar
estratégico cerca de la pista de baile
ansioso por empezar.
Su larga cola
blanca lucía
esponjosa y
perfumada
para la ocasión
y se sentía
guapísimo con
sus brillantes
zapatos nuevos.

tail was fluffed and perfumed for the occasion and he
thought he looked very handsome in his shiny new shoes.

The Lion and the Lioness were at their thrones, elegant
as always, presiding over the party.

En lo alto
del trono
el León y
la Leona,
como siempre
elegantes,
presidían
la fiesta.

Suddenly there was silence. Lola the pheasant was entering the ballroom. She was the most beautiful animal in the kingdom and she was also kind

De repente, se hizo el silencio. Por la puerta entraba Lola el faisán.

Era el animal más hermoso del reino y además era amable y cariñosa con todos. Cualquiera de los animales se sentiría muy afortunado si tan solo pudiera bailar por unos minutos con Lola.

and affectionate to everyone. Any of the animals would feel very fortunate if they could dance even for a few minutes with Lola.

Marcelo set eyes on her instantly.
He was already imagining himself dancing with the pheasant all night.

Marcelo no tardó un segundo en clavar los ojos en ella.

El ya se imaginaba bailando con el faisán durante toda la noche.

Cómo podría rechazarle, él era el mejor bailarín del reino.

How could she ever refuse him? He was the best dancer in the kingdom.

The music started. One by one, the more daring animals
went up to Lola to ask her to dance.

La música empezó a sonar.
Uno a uno los animales más
audaces se acercaban a
Lola para pedirle que
bailara con ellos.
Lola los rechazaba
amablemente con
una sonrisa.
Uno a uno
regresaban
cabizbajos
a sus lugares
en la fiesta.

Lola refused them pleasantly, with a smile. One by one
they returned, heads down, to their places at the party.

Marcelo was dying to dance but even though he looked very confident, inside he was scared to death about approaching Lola.

Marcelo se moría de ganas de bailar pero, a pesar de aparentar seguridad, por dentro se moría de miedo de acercarse a Lola.

"Si me rechaza seré el hazmerreír de todos" - se decía.

"If she refuses me I'll be the laughing stock of the kingdom", he said to himself.

The minutes passed and Marcelo was frozen by fear. He stood there nervously, his eyes fixed on the beautiful Lola.

Los minutos pasaban y el miedo impedía moverse a Marcelo, mismo que permanecía inquieto sin despegar los ojos de la hermosa Lola.

En ese momento, sin pompa nigloria, llegó el sapo Felipe.

Just then, without pomp or glory, Felipe the toad arrived.

Felipe era un poco feo, bueno, más bien feo, feo pero a él no le importaba.

Felipe era un sapo decidido, divertido y sobre todo, ingenioso.

Felipe was a determined, amusing and, above all, witty toad.

He went past Marcelo and hopped over to where Lola was.

Pasó al lado de Marcelo y se dirigió dando saltos hacia donde estaba Lola. Marcelo, al darse cuenta de lo que pensaba hacer Felipe soltó una carcajada...

When Marcelo realized what Felipe was about to do he roared with laughter...

"Look, the toad wants to dance. Start jumping on your own, no one will dance with you", he said loudly, making fun of him.

Miren, el sapo quiere bailar. Ponte a brincar solo, nadie bailará contigo —dijo en voz alta mientras se burlaba.

HA HA HA HA

Felipe nunca hacía
caso de las burlas.
Llegó frente a Lola
y le dijo algo al oído.
Lola sonrió
ampliamente.

Felipe never noticed any joke (on himself). He went up to
Lola and said something in her ear. Lola gave a big smile.

Felipe le tendió la mano y, para sorpresa de todos, el bello y elegante faisán aceptó bailar con el sapo.

Felipe held out his hand and to everyone's surprise the beautiful, elegant pheasant agreed to dance with the toad.

Marcelo no lo podía creer.
"Si Lola ha aceptado bailar con ese sapo tan feo seguro que bailará conmigo también.
Como es feo y torpe Lola lo dejará en pocos minutos y será mi oportunidad"

"If Lola agreed to dance with that ugly toad she's bound to dance with me too. As he's ugly and clumsy Lola will leave him in a few minutes and that will be my chance."

But Felipe stayed with Lola the whole night and, furthermore, she seemed to be having fun because

Pero Felipe no soltó a Lola en toda la noche y además ésta parecía estar muy divertida, ya que no paraba de reírse de los comentarios y ocurrencias que Felipe le decía mientras bailaban.

she didn't stop laughing at the remarks and jokes that Felipe made while they were dancing.

Las horas pasaron. Poco a poco, los animales se fueron retirando a sus casas.

En la pista de baile sólo quedaba una pareja. Felipe y Lola seguían bailando felices.

There was just one couple left on the dance floor. Felipe and Lola were still dancing happily.

Marcelo, tired of waiting, defeated and sad, decided to go home. No one had seen how well he danced and no one had noticed his shoes.

Marcelo cansado
de esperar, derrotado
y triste decidió
irse a su casa.
Nadie pudo ver
lo bien que bailaba
y nadie se fijó en
sus zapatos.

Marcelo,
el zorro bailarín,
no bailó en toda la noche.

Marcelo, the dancing fox, hadn't danced once the whole night.

On his way back home he grumbled: "Life is so unfair, I'm so unlucky... I'm more handsome, more pleasant, more astute than Felipe, and also I'm the best dancer

Mientras regresaba a su casa se lamentaba:

"Qué injusta es la vida, qué mala suerte tengo... Yo soy más guapo, más simpático, más astuto que Felipe y además soy el mejor bailarín del mundo. ¿Por qué él pudo bailar con Lola y no yo?"

Felipe tuvo algo que no tenía Marcelo...

¿Sabes qué es?

in the world. Why could he dance with Lola and I couldn't?"
Felipe had something Marcelo didn't have... Do you know what it is?

Escribe aquí cómo crees que termina la historia de Marcelo:

Fin

Final alternativo

El sapo Felipe y Lola fueron compañeros de baile toda la vida.

Al sapo Felipe nunca le importaron las burlas y se convirtió
en un sapo querido y conocido por todos.

Nuestro querido Marcelo no volvió a lucir sus brillantes zapatos,
aunque todavía se le ve por ahí presumiendo
sus pasos de baile…

Alternative ending

Felipe and Lola were dancing partners for the rest of their lives.

Felipe the toad never worried about being made fun of and he became a very much loved, and well known toad.

Our dear Marcelo never wore his shiny shoes again, although you may still see him here and there showing off the same dance steps…

Comentario del autor

Además de presumido, Marcelo era talentoso y seguramente el mejor bailarín del reino. Pero el talento no lo es todo. A Marcelo le faltó la capacidad para ponerse en acción.

Si por miedo e inseguridad no te pones en acción, será muy difícil alcanzar los objetivos.

Felipe tal vez no tenía mucho talento para el baile y quizás era un poco feo, pero tenía un objetivo claro y lo más importante: se puso en acción. Estaba decidido a divertirse y a bailar con Lola a pesar de las burlas, y así lo hizo.

Author's comment

Besides being vain, Marcelo was talented and undoubtedly he was the best dancer in the kingdom. But talent isn't everything. Marcelo lacked the capacity to go into action.

If, out of fear or insecurity, you don't go into action, your talent won't matter. You won't achieve your goals.

Maybe Felipe didn't have a lot of talent for dancing and perhaps he was a bit ugly, but he had a clear objective and, most important of all, he went into action. He was determined to dance with Lola and to enjoy himself despite the jokes, and that's exactly what he did.

Acerca del autor

FRANCO SOLDI

Es el autor de Brainy Fables y padre de tres niños.

Trabaja con jóvenes preuniversitarios en 'Young Potential Development' desde hace años y ahora Franco escribe para los más pequeños de la casa.

@francosoldi
www.francosoldi.com

Acerca del ilustrador

PEDRO BASCÓN

Ha ilustrado Brainy Fables convirtiendo cada aventura en una experiencia visual para niños y padres.

Pedro trabaja como ilustrador desde hace diez años especializándose en el ámbito de la educación y la infancia.

cleverkids™

Una serie de
FRANCO SOLDI

Escritas para niños de entre 4 y 7 años, estas fábulas divertidas harán reflexionar a los pequeños de la casa. Con un mensaje moderno y útil fomentan el pensamiento creativo y ofrecen de manera lúdica estrategias para sobrellevar los obstáculos de la vida:

Orientación a resultados y fortalecer autoestima.

Capacidad de pasar a la acción.

Gestión de la adversidad y apreciación por lo que tenemos.

Necesidad de tener pensamiento flexible.

Capacidad de soñar.

● Visita nuestra página de Facebook, ingresa este código y descarga tu app gratis.

nextstage
productions

www.brainyfables.com

922720753

Brainy Fables apps han sido desarrolladas por la productora y distribuidora madrileña Next Stage.

f /UranitoMexico

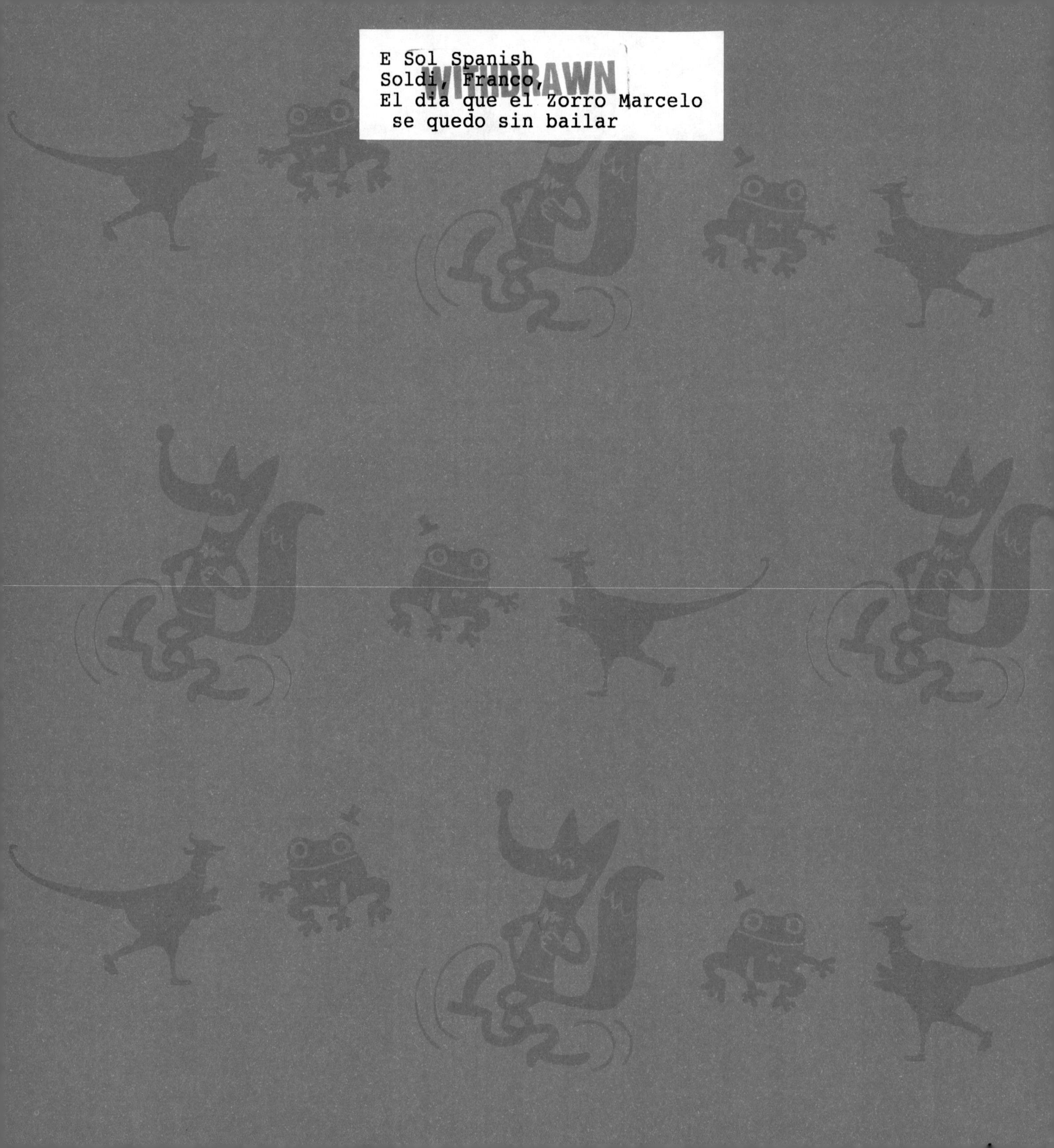